【岳麓文辑】 张立云·主编

不会饮酒也作诗

吴新邦 著

诗圣放歌须纵酒，诗仙斗酒百篇诗。
古今诗人皆好酒，举杯唱和成相知！
唯我生来个性怪，不会饮酒也作诗。

BUHUIYINJIU

YEZUOSHI

团结出版社
UNITY PRESS

图书在版编目(CIP)数据

不会饮酒也作诗 / 吴新邦著. -- 北京：团结出版社，2021.4
（岳麓文辑 / 张立云主编）
ISBN 978-7-5126-8676-2

Ⅰ. ①不… Ⅱ. ①吴… Ⅲ. ①诗词-作品集-中国-当代②对联-作品集-中国-当代 Ⅳ. ①I217.2

中国版本图书馆 CIP 数据核字(2021)第 046047 号

出　　版：团结出版社
　　　　　（北京市东城区东皇城根南街 84 号　邮编：100006）
电　　话：(010)65228880　65244790
网　　址：http://www.tjpress.com
E-mail：65244790@163.com
经　　销：全国新华书店
印　　刷：长沙印通印刷有限公司
装　　订：长沙印通印刷有限公司

开　　本：142 毫米×210 毫米　　　　1/32
印　　张：39
字　　数：841 千
版　　次：2021 年 4 月第 1 版
印　　次：2021 年 4 月第 1 次印刷

ISBN：978-7-5126-8676-2
定　　价：398.00元(共九册)

代序

不会饮酒也作诗

诗圣放歌须纵酒，

诗仙斗酒百篇诗；

古今诗人皆好酒，

举杯唱和成相知！

唯我生来个性怪，

不会饮酒也作诗；

唐诗三百没读熟，

宋词元曲柜睡之；

头发热，则有思，

见啥写啥趁当时；
贾岛两句三年得，
我乃一时几首诗；
管它是诗不是诗，
胆大妄为如疯痴！
自选诗联自作序，
献上拙作再拜师；
请师原谅徒过错，
徒先无知今有知！
年已八旬不怕丑，
愿给方家留笑资！

目录

·第二辑　诗词唱和·

不

会

饮

酒

也

作

诗

·

B
u
H
u
i
Y
i
n
J
i
u
Y
e
Z
u
o
S
h
i

004

·代跋·

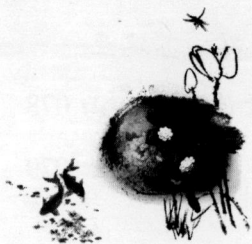

文载道，诗言志，
全书三辑闪光辉！

第一辑

现实的点赞

七律·战瘟疫（二首）

其一

新冠疫情殃五洲，迷离扑朔乍筹谋？
江城武汉人悲悼，"公主"游轮泪苦流；
意足因其球赛闭，伊油无奈港船囚；
寰民携手战瘟疫，破浪乘风永同舟！

其二

炎黄儿女意气豪，庚子新春斗魔妖！

精英四面江城汇,财宝八方楚鄂招;

平地移山神院竖,忘生舍死爱心浇;

众志成城听党令,冲锋陷阵展狂飙!

注:神院,即指 2020 年新冠疫情期间湖北省武汉市修
建的雷神山、火神山两大医院。

七律·思念出征儿女

历时二月战犹酣，捷报频传人未还！

病愈递增亡递减，江城转危国转安；

方舱圆满终可撤，神院功高再登攀；

休谈儿女出征事，父母人前不汗颜！

念奴娇·乡村振兴

乡村在变！卅春秋，喜创神州奇迹。初见小岗红指印，敢为人先砥砺。又见华西，群龙拥首，旗举志不易。观十八洞，振兴只争朝夕。

乡村追梦振兴，山清水秀，楼阁亭台立。常备佳肴加美酒，游客农家迎聚。迎白肤宾，迎黑肤友，迎黄肤兄弟。国逢盛世，家家小康及第！

注：小岗、华西、十八洞等村，皆为全国改革开放、脱贫致富的典型。

声声慢·一带一路

　　来来往往，热热情情，堂堂正正亲亲。倚门迎宾送客，心有明灯。投资兴业商贸，谨遵循合作共赢。谴霸道，交友朋，多边互利公平。

　　"一带一路"启程！拥舵手，胸怀世界弟兄。国家毋分大小，同创昌荣。航船满装友谊，似清泉，汩汩淙淙。览古今，且话我炎黄子孙。

天净沙·刘妈剪影(三首)

(一)

诚邀稚童乳娃,欣然聚集一家。煮奶摇床跨马。邻免牵挂,亏了爱心刘妈。

(二)

呼来妇妪翁爸,合拍伴舞喇叭。再创民间俗雅。广场真大,喜了热心刘妈。

(三)

中年下岗摆茶,易职不失光华。转眼已临花甲。橱窗诗画,羞了壮心刘妈。

春联拾趣（三副）

春光永驻

国逢盛世春光年胜年胜年年胜；
家奔小康生活日甜日甜日日甜。

欢度新春

好年代吃好穿好出门玩个好；
新时期宅新车新理家指标新。

时代新风

　　倾心电话电脑电视，家事国事，爱情友情社情，欢度新春，莫忘民间习俗；

　　关注血压血脂血糖，荤肴素肴，大碗小碗中碗，喜设酒宴，当保宾主健康。

漫画人生(打油诗一组)

常说，人生百态。细思，三态而已……

争先咏

千帆竞发百花妍，雄鹰比翼上蓝天；
放眼神州追美梦，人生赛道力争先。

居中曲

争魁夺冠几多难，远远落后也汗颜；
不冷不热用温水，勿前勿后选中间。

落后吟

无攀无比无目标，且学和尚把钟敲，
跌倒就地睡懒觉，管它太阳晒着腰！

人生悟

感叹世人各所求，点点滴滴写春秋；
愿君着意年华美，笑迎子孙数风流！

书斋横幅

闲来无事,书斋自制横幅。篆体书写诗文,行书抄写附语。孤芳自赏,不亦乐乎!

诗文

之乎者也矣焉哉,好读诗书成秀才。
美事热情为民做,精忠报国志不摧!

附语

退休近廿载,办班十五年;精心教写作,学员已数千;坚持斗疾病,惜时把笔拈;合作编典籍,单独著长篇;时光无虚度,回眸亦欣然。

爹伴孙儿笑开怀(二首)

——孙儿考入湖南中医药大学有感

(一)

本硕连读校安排,爹伴孙儿笑开怀,

八度春秋勤打造,亲邻有恙你自来!

(二)

堂堂学府建长沙,坐车时许就还家;

自嘲多情傻牵挂,女儿手机叫"妈妈"。

花翁丢失花肥

购买五袋鸡粪，堆放在花坛一边。先搬去两袋，未曾声张。不料，几天后全部搬去。唉！花翁口占……

一袋鸡粪几个钱，拱手相送请莫嫌；

不做君子却当贼，花翁可怜汝可怜！

高楼种菜有感

春来种菜在高楼，浇水施肥展丰收；
不是老朽钱包瘪，心念儿孙情意稠；
当年农事强筋骨，而今进城怎闲休？
莫笑牛郎年已老，瞧俺织女也白头！

写作班记趣

——仿鲁迅拟古打油诗

我的所爱是育花，

招来一群孩子娃，

想方设法灵脑瓜。

有人送我一包茶，

回他一个"原装拿"；

从此师生更亲近，

不知何故兮，我出门被夸！

我的所爱是作文，

招来学生一大群，

因材施教不盲从。

有人送我一瓶酒，

回他一个:酒一瓶;

从此师生更亲近,

不知何故兮,我招生"爆棚"!

我的所爱是创新,

胆大不怕河水深,

学识长进劲头增。

有人送我"小说""诗文",

回他一个:"笔改面评";

从此师生更亲近,

不知何故兮,我欲发神经!!

我是宁医人（京曲填词）

——应宁乡人民医院之请而作

我是宁医人，

古邑宁乡慕精英；

满腔热血施医术，

伟人的故里献青春！

我是宁医人，

七十度春秋怀真情，

救死扶伤为己任，

悬壶济世系民生。

宁医人，彭祖庙内立杏林，

宁医人，沩水河畔建楼群；

宁医人,通益桥边创新院,

赢得了华夏神州扬美名!

我是宁医人,

德艺双馨铸灵魂。

中西合璧精医术,

爱岗敬业惜时分。

宁医人,八字院训记心中,

宁医人,楚沩父老贴心人,

宁医人,富民强县肩重任,

喜看我兢兢业业,潇潇洒洒谱人生!

情歌一组(民歌搜集整理)

约 郎

约郎约到桂花台，
眼见郎来妹难来。
莫怪奴家不守信，
只缘爹娘瞎疑猜，
反锁房门不得开！

望 郎

望郎望到月照墙，

才见郎君进绣房，

谁人不想天伦乐，

万语千言口难张，

奴怨日长夜不长！

留 郎

留郎留到金鸡鸣，

手拉郎君话轻声，

若是日月归鸡管，

奴愿家中遭鸡瘟，

金鸡不叫天不明！

送　郎

送郎送到后山林，

剪缕青丝送郎君，

莫作书呆梁山伯，

要学精灵小张生，

待月西厢会莺莺！

（1988 年发表于《当代诗歌》第 7 期）

金婚抒怀·献给我的老伴

五十年前的今天，

你我步入婚姻的殿堂。

那是个"粮不足瓜菜代"的岁月，

领个证就成为合法的一双！

五十个春秋风雨，

半世纪姻缘沧桑。

夫妻俩从不卑微自己的职位，

你当"地球修理匠"，我当"孩子王"；①

一个"吊吊工"可买包红橘香烟，②

---

① "地球修理匠"指农民，"孩子王"指教师。

② 那时的红橘香烟每包一角三分。

你顶酷暑冒严寒从不下战场；

收工之后也不歇气，

带孩子奉公婆还去自留地"瞎忙"！ ①

曾记得十年动乱中当"黑鬼"，

亲戚怕见我，你却到身旁，

杀鸡煮蛋为慰勉，

话语更是暖心房：

怕什么呀！大不了开除回乡，

饭稀了喝粥，粥稀了喝汤！

你当农民我做伴，

一同淋雨晒太阳！

同甘共苦数十载，

抚昔思今诉衷肠！

你我退休有薪领，

爱民政策放光芒！

---

① "瞎忙"指开夜工。

以前关注的是脱贫求温饱，

而今关注的是致富奔小康；

以前谈的是油盐柴米，

而今谈的是血脂血压血糖；

以前我们是"单职工""半边户"，

而今呀，乡里有旧居，城里有楼房……

儿孙绕膝天伦乐，

心心相印美时光！

我欢乐着你的欢乐，

你忧伤着我的忧伤；

你关爱着我的关爱，

我慈祥着你的慈祥。

老伴呀，五十个春秋眨眼过，

再来个五十又何妨？

时逢盛世人添寿，

愿你我皆比程咬金寿岁长！

婚联拾趣(三副)

窗联·老友潘爹收儿媳偷贴

烧火佬止步,窗内当有明月照;
锅巴客走开,洞房已是梅雨时。

洞房联·为友黎旺秋新婚口占

借琴抒意神秘秘推门而入;
以画传情静悄悄就地取材。

窗联·邻友范爹收儿媳偷贴

步轻轻,临窗腿自软,媳问何事答何语?
情切切,回房心坦然,婆询哪题话哪言。

第二辑

诗词唱和

与谢端正先生唱和

读大作有感

感悟人生梦，唱好正气歌。

家国有坎坷，平生莫蹉跎；

贵能胜自我，宠辱皆奈何?!

注：作者曾任刘少奇纪念馆馆长，宁乡县教育局党委书记。

本人步其原韵，谨启唱和：

心脏连脉搏，国盛民欢歌。

振兴中华梦，征程莫蹉跎；

拼搏加你我，家园将若何?!

与李伟民先生唱和

夜读"秀才"

五年小学自觉哀,蒙师不弃赠书来。

挑灯夜读好兴致,秀才夙夜入梦斋!

注:作者系文化馆乡镇文化辅导员,年少失学,琴棋书画技艺非凡,令同仁称赞。

本人步其原韵,谨启唱和:

儿时少学莫自哀,今古名家学中来;

挑灯夜读长此往,诗圣诗仙慕汝斋!

与黄湘群女士唱和

谢恩师赠书

(一)

恩师赠书喜若狂，挑灯夜读细思量；

酸甜苦辣皆故事，精彩人生耀书房！

(二)

赵钱孙李非寻常，精忠报国做栋梁；

我乃"秀才"当仿效，竭诚教学不逞强！

忆联友办学

——喜读同事诗作,激情勾起了回忆,
故以举办写作班一题和之

（一）

当年办学有点狂,校址生源欠思量。
摸爬滚打多少事,口碑玉潭暖心房!

（二）

潘袁黄吴志非常,敢谋小树挑大梁。
写作毋分老和少,喜看文坛后代强!

与戴凯勋先生唱和

钟情"夫子山"

(一)

世有高山与矮山,情钟"夫子"不一般;

竹修杏艳梅吐蕊,仰慕青松挺悬崖。

(二)

峰回路转书上观,竹杏梅松展非凡;

荟萃群山情义重,"真气"蔚然一片天!

注："真气"取自陶渊明诗句。作者系流沙河区联校长，市人文研究员，荣获宁乡县"道德模范"，长沙市十佳"五老"称号，著编(含合作)《世纪山乡传奇》《成语俗语趣味读本》《宁乡景观》《大美流沙河》等10多本书籍。

捧读"传奇"

——捧读《世纪山乡传奇》，一次再次不舍。欲与兄长唱和，自知根底浅薄，穷于借喻，则以直白和之

（一）

兄作"传奇"弟作"山"，

题材取舍不一般，

仇倭憎伪斥封建，

"浩劫"临身敢立崖！

（二）

坎坷人生笔下观，

哀乐喜怒展非凡；

"秀才"且伴"山乡"唱，

"火树银花不夜天"！

注："火树银花不夜天"取自毛主席与柳亚子唱和的诗句。

与喻纯武先生唱和

三"山"咏

鼐顶雄浑大田芳,罘罳俊秀楚水长;

"夫子"人文开新卷,吾乡巨笔著奇章。

注:鼐顶、罘罳、夫子皆为山名,"夫子"嵌为书名,大田为地名,楚水为河流名。作者乃本人同乡、师长,系县职业中学校长,荣获全国教育系统劳动模范。

同乡吟

——酬答喻老先生

桃红李白满庭芳，同乡获赞情更长；

昔仰先生功德厚，今酬器重赐华章！

第三辑

赠送的诗联

>>>>>

花桥赠匾·诗寄花桥饭店

　　1982年3月，曾与姜福成先生在巷子口旅社赶写剧本，十多天均在花桥饭店就餐。该店热情招待，十分感动。临别时，买了个相框代匾，共拟了这首藏头匿尾诗，以表谢忱。

　　　　花红柳绿好个春，
　　　　桥头四季起和风，
　　　　饭菜香甜茶水暖，
　　　　店家皆是热心人。

学生的心声·献给庞石老师

感叹学文有苦辛，

谢您辅导最殷勤，

恩深德厚将苗育，

师乃成才引路人。

注：庞石老师曾任过本人三年的初中文学教师，当时汉语文学分科，学生爱好文学是恩师培养的。1983年春，学生特做了个小匾，献上此诗，以表心声。诗藏头匿尾：感谢恩师，辛勤育人。

重阳感怀·文化馆新迁赴宴

　　2015 年的重阳,作者被县文化馆专车接去,参加新馆搬迁所设的老年节盛宴。座谈会上,即兴赋诗。会后,胡令强馆长特请退休美术专干黄迪忠老师书写,作为条幅收藏。诗曰:

五度重阳今家还,新馆新人片新颜,

国家振兴馆兴旺,我等鬓发没白斑!

忆江南·哥仁好

赠王祖荣七十寿辰（与谢端正合作）

祖哥古稀之庆，弟兄激情满腔。手足情深，实难言表，谨以"忆江南"寄之。

哥仁好，
卅载友情长，
虽未桃园行典礼，
却如水乳共瓶装。
皆是美男郎！

哥仁好，
勤奋领风光，
昔日寒微羞夜晾，

今朝鸿运步小康。

梦里笑声扬！

哥仁好，

年迈享夕阳，

欣数儿孙多孝顺，

力输晚辈作国梁。

喜看后人强！

寄语周实求先生

　　2017 年 9 月某日,在周立山先生八十寿宴中结识周实求先生有感:

　　相知恨晚不言迟,感谢苍天赐此时。

　　紧随兄长献余热,赢得儿孙读好诗!

古稀韵白（曲艺体）

——应邀为喻喜山先生《七十回眸》一书助兴

人生七十古来稀，

那是翻的旧皇历。

旧社会，庶民百姓受欺压，

缺吃缺穿又缺医！

多少妇人惨死于分娩，

多少孩童夭折于伤疾；

多少穷人因饥饿，因战事，

惨死于荒野不毛地；

多少富人因暴饮，因贪色，

命绝于花街柳巷里……

哎呀呀！自古薄命人难数，

能活七十是稀奇，是稀奇！

新社会，华夏儿女逢盛世，

赞歌一曲话新题！

公民喜得温和饱，

城乡处处有良医。

妇人不愁分娩苦，

孩童不愁疗伤疾。

太平日子乐着过，

人寿年丰出奇迹，

我市有百岁寿星一千几，

年满七十有何奇，有何奇！

学友古稀年，

《七十回眸》著新篇！

喜山啊！我的同学、同乡和同志

再加上同龄同兴趣！

如此之"同"当无忌，

心欢怎不耍嘴皮：

喜山昭明老两口，

天生一对好夫妻！

昔日郎才女貌，

今日唇齿相依；

心心相印，尽职尽责，

为党为民已交完美答题——

敬老尊贤，孝亲奉先，

效法孔孟，典范家规，

看儿女家兴业旺神情美，

喜孙子聪颖神怡有出息；

贤嫂子杏苑育人，

浇得桃李三湘艳；

好老兄从政一方，

乐为民富守清廉！

亲热叫声兄和嫂，

乐哉悠哉敞心扉：

逢盛世，日子好过，

你我当珍惜这大好时期。

有福好好享，

不辞老有为；

祝你俩：古稀耄耋顺风过，

返老还童逾期颐。

东海、南山、松年、鹤寿，

创他一个世间奇！

寿联·刘笑波老师九十志庆

册载名师,传道授业是表率。忆往昔,五星闪耀,桃李争妍,春风春雨催苗秀,童男童妞成栋梁,何愁顽童作祟,戏法巧施变变变;

九旬慈妪,相夫教子乃楷模。看今朝,四代同堂,琴瑟和韵,女儿女婿称阿妈,孙子孙媳叫娭毑,更喜曾孙绕膝,太婆喊得甜甜甜。

寿联·戴凯勋先生八十志庆

　　耋老多才，执教行医关协园艺，还兼著书立说，寻师好问步入职场占高枝，友朋戏称"百晓"；

　　渭翁载誉，机关学校街道乡村，乃至联组社区，送宝传经，情系神州追美梦，省城荣膺"十佳"。

寿联·谢端正先生古稀志庆

年少早登台，舞台讲台主席台，台台赢得掌声赞语，惊回首，秋实春华，五星闪耀，岁临古稀多风采；

平生好做事，公事私事家国事，事事洋溢淳朴真情，喜前瞻，任重道远，百舸扬帆，再干七秩亦乐呵！

寿联·周光太先生八十志庆

　　年青励志，苦读寒窗，钻函数，析几何，好比海绵沙漠汲水充霸，沩乌讲坛献爱，换来桃李天下学子颂；

　　八秩回眸，甜在心蒂，摘区花，结连理，宛如竹笛二胡共谱和声，春秋岁月怀情，赢得儿孙满堂合家欢。

寿联·潘定国先生八十志庆

渭水多情,偕贤内,睦友尊亲疼晚辈,神萦梦绕,秋冬春夏,喜看花红苗壮,叶茂枝繁风光美;

八秩无愧,启少年,教书行政做文人,沥胆披肝,苦辣酸甜,笑吟云淡天高,龙腾虎跃家业兴。

寿联·周立山先生八十志庆

闯艺苑无愧，未入作协乃作家之作家，小说散文戏剧诗词，颂新潮，歌盛世，欣然命笔，荣耀风流传趣事；

守杏坛多情，没评教授当教师的教师，垂髫弱冠而立不惑，帮升学，助晋级，乐意育才，感恩酬谢喝董公。

寿联·吴石安先生八十志庆

娇矣,青春,郎才女貌翡翠史,求知从教行政督学,踏遍沩流靳域,三湘四水,赢得那弟子高歌,同仁点赞;

俏兮,耋老,夫唱妇随天下游,旅美逛欧南漂北荡,阅尽奇观胜景,乡土风情,猎取这人生充实,岁月华章。

房联·为老同学周敬群点赞

逾七秩还是阿妈身边女，诚拜年节，恭祝寿辰，准时定有乖女到，马后鞍前，百事不烦，耿耿忠心敬老孝先，佳话传靳水。

早退休仍为弟子校外师，解析几何，钻研函数，遇难必将高师求。深入浅出，随题应变，汩汩浓情育李浇桃，英才遍神州！

房联·为侄孙女婿周立峰点赞

天生我才必有用，驰骋讲坛，著书立说，

风流潇洒矣，令学子同行仰慕；

海纳吾龙亦不亏，携手贤内，创业兴家，

拼搏赤城兮，赢亲朋邻友口碑。

寿联·姨夫尹华余先生七十志庆

　　华老七秩无虚度,偕贤内开手拖提潲桶经年经月付艰辛驱走贫穷赢富裕,喜看儿女成才孙辈旺;

　　余翁古稀有奇篇,谢亲朋帮建家助创业历时历刻鼓干劲送来温馨造乐园,笑谈世代友好财宝盈。

寿联·李中民先生八十志庆

  耋寿园丁何须杖朝步履喜天下桃李芬芳长驻;

  翡翠伴侣有情钓渭丝纶乐满堂儿女忠孝两全。

注:李中民系老同学喻青连的丈夫,双双从教四十余年,育四个儿子皆健康成才。

寿联·学友苏瑞兰古稀志庆

为人师，为人友，为人妻，为人母，还为人之祖也，七秩称觞，笑谈峥嵘岁月；

见春雨，见春风，见春意，见春晖，再见春乎慈兮，仲冬庆典，重吟情爱诗联。

寿联·学友成程万古稀志庆

否极泰来，真金不怕烈火煅，

春盈花艳，骏马自有奇勋篇。

寿联·周兵先生八十志庆

　　鸭绿江边,炮轰罪恶强盗,贪婪走狗,雄赳赳气昂昂后生可畏;

　　楚沩乡里,影摄当代英模,锦绣山川,潇洒洒情切切耋老功高。

寿联·罗健益先生八十志庆

苍天助也！偕夫人育三朵金花，择佳婿得贤孙曾孙，享春夏秋冬四代亲属常聚，太公酌酒香甜美；

盛世荣兮！为共和守卌年杏苑，睦同仁浇桃树李树，迎汄乌靳楚八方弟子来鸿，钓渭丝纶日月长。

喜联·即兴为家族侄儿口占

蔡家湾前鞭炮响,观喜事公婆,迎高亲,迎宾友,举杯同饮合欢酒;

吴氏门上烛灯红,看新婚夫妻,拜天地,拜祖宗,牵手齐唱恩爱歌。

亭联·为表侄尹文强而作

应表侄之请，为其家乡新建大院取名
"永福堂"（永、尹谐音，寓意永远幸福）。已用
天然汉白玉镌刻，竖立于八角凉亭一侧，并
在凉亭悬联：

云祥彩瑞天天乐

国泰家兴岁岁歌

挽联·周后昆先生千古

后生可畏,敢上擂台比武。琴棋书画,弹唱吹拉,令同仁钦羡,友朋倾倒。当是玉皇宴中客;

昆季圣贤,甘留杏苑育人。歌赋诗词,古今中外,让弟子博学,家长口碑。永为凡间座上宾。

悼联·肖重周先生灵堂

遗容寓遗志,讲坛文坛垂范子孙后代;
哀乐寄哀思,亲情友情萦绕家族乡邻。

挽联·蔡夫胜先生千古

　　望云思亲,数十年耿耿忠心从政。荣与辱,苦与乐,升与迁;不卑不亢,不妒不拍,不贪不馋,不淫不堕。谨遵勤廉求业绩,见了马克思问心无愧;

　　南柯梦汝,一辈子谆谆诲语待人。亲或疏,长或幼,贫或富;有情有义,有谦有让,有刚有柔,有冷有暖。唯留诚善作口碑,宴在凌霄殿笑语非凡!

挽联·黎旺秋夫妻千古

清华校友，注册高师，名震夫子，德才兼备垂深圳；

恩爱夫妻，情谱金婚，魂归罘罳，鸾凤相依梦大田。

068

注：此联系戴凯勋先生草拟，邀本人一同致悼，与前面所赠趣联呼应，故入选备忘。

山亭柳·咏《希望的田野》

沩水山村,文化丽如春。城市梦,却惊魂。初夜愤离家走,造来矛盾婚姻。不重技粮本,事必迷昏。桂林坚持兴农业,玉英崎岖路空奔,舞台喜剧情深。编导演员才气,生活韵味逼真。文化馆中戏艺,开拓精神。

堂联·周后昆先生书赠

停杯非酒困；
拍案是诗成。

堂联·戴凯勋、罗召英夫妇书赠

新址新宅伴国运之有；
厚德厚才凭自修而成。

五彩缤纷缀古稀
——情境概述及诗联一览

2011 年正月某日是本人 69 岁生日，按照"男进女满"的传统习俗，搞了个寿宴。不料，老同学，老同事，亲戚朋友，以及不同时期的学生，来了 200 多人。11 点多入席就座，由族兄石安先生主持寿宴。先接受所赠的画、匾、寿联；再由写作班学员、华南师大在读硕士生文章小姐演唱专创歌曲《老师，谢谢你》；接着是表侄孙女、2010 届香港二胡大赛第二名获得者鲁璇瑶小姐献艺二胡独奏；紧接着是表兄表嫂、2010 年湖南省交谊舞大赛唯一的金奖获得者、73 岁的廖新民先生和 71 岁的姜碧桃女士表演交谊舞。全场掌声不断,笑脸难收。真个是"旧俗新风,融为一体;五彩缤纷,难忘动情"。愧受了,亲友!多谢了,友亲!

中堂画并配寿联

画作:《春江行舟》

头角初露一担猪娃唱响三湘地;

大作殊荣希望田野沾誉北京城。

作画:周兵(原宁乡县文化馆党支书)

撰联:潘定国(原宁乡县文化馆馆长)

注:《一担猪娃》《希望田野》皆为戏剧。

寿　联

讲台挥鞭育桃李植东西南北,

文坛泼墨著华章藏褒贬抑扬。

撰联:

谢端正(原刘少奇纪念馆馆长,宁乡县教育局党委书记)

王祖荣(原老粮仓法庭庭长,宁乡县法院民事庭庭长)

不
会
饮
酒
也
作
诗
·
Bu
Hui
Yin
Jiu
Ye
Zuo
Shi

076

寿　联

撑一片蓝天执笔写戏离奇曲折演绎人生悲欢京城载誉彰沩楚；

耕小块小地开篇是书褒贬抑扬诉其世间情义典籍题名耀神州。

撰联：

戴凯勋(原流沙河区联校长)

喻喜山(原流沙河区副区长)

注：京都载誉，指大型戏剧《希望的田野》在北京获奖；典籍题名，指该人的业绩已入典《中国当代艺术界名人录》《湖南省文艺家传略》《湖南省文艺界名人录》等书。

寿 联

杏地播春风七秩称觞笑看万株桃李；

剧坛书力作百家品味堪膺半个莎翁。

撰联：

周立山（原龙门桥完小附中同事，老粮仓区副

联校长）

注：莎翁，即世界著名戏剧作家莎士比亚。

寿 联

文曲星辉沩水，
寿辰光耀大田。

赠联：

成程万（原宁师中 16 班学生，后为湘潭县教育局干部）

周敬群（原宁师中 16 班学生，后为湘潭市四中数学老师）

苏瑞兰（原宁师中 16 班学生，后任湘潭市雨湖小学党支书）

喻青连（原宁师中 16 班学生，后为卫东中学教师）

喻喜山（原宁师中 16 班学生，后为流沙河区副区长）

注：以上同学，皆于 1961 年 7 月中师毕业。大田，即本人的家乡。

寿匾并配诗七律

寿匾：系老粮仓附中七班全体同学赠

七 律

——贺吴新邦老师七十大寿

博学多才笔生辉，吟诗写戏作传奇。

殚精竭虑育桃李，呕心沥血弄文题；

一腔热情歌盛世，两袖清风到古稀。

莫道人生舞台小，欣然文采贯东西！

执笔：

曾伏云（原老粮仓中学七班学生，后升学从教，获中教高级职称）

代跋

且当读者敞心扉
◎戴凯勋

我虽饮酒不贪杯，

题诗作对少有为；

想起诗仙和诗圣，

深知浅薄不敢吹！

今读友人"诗联选"，

且当读者敞心扉——

文载道，诗言志，

全书九辑闪光辉！

诗联"点赞"与"感叹"，

领悟社会喜与悲；

诗联"吟咏"与"浪漫",

品味人生是与非；

"历史记忆"题二则，

精忠报国有丰碑；

"诗词唱和"加互"赠"，

亲情友情似春晖；

再读"抖去尘埃"作，

原来美梦少年追。

人生谁不追美梦，

功在惜时志不摧；

祈愿诸君赛我友，

时代赞歌满天飞！！

注：戴凯勋系宁乡市文史调研员，流沙河镇关工委主任。曾获湖南省优秀教师、湖南省关心下一代工作特殊贡献提名奖、长沙市十佳"五老"、宁乡市道德模范等荣誉称号。著编有(含名作)《世纪山乡传奇》《大美流沙河》《成语俗语趣味读本》《楚源新苗》《宁乡景观》等10多本书。

人生谁不追美梦，
功在惜时志不摧，
祈愿读者赛我友，
时代赞歌满天飞！！